Dominanter Ehefrau

Herrschaft und erotische Unterwerfung

Erika Sanders

Dominanter Ehefrau

Erika Sanders
Serie
Herrschaft und erotische Unterwerfung

Zusammenfassung

In einer normalen und langweiligen Ehe hat der Ehemann eine Fantasie darüber, wie es wäre, wenn seine Frau im Bett dominant wäre.

Eines Tages nutzt er eine Frage von ihr, um zu versuchen, seine Fantasie zu erfüllen und seine Frau die Kontrolle über Sex übernehmen zu lassen.

Oder war es ein Fehler mit Konsequenzen, die Sie nicht vorhersehen konnten?

Oder war es eine gute Entscheidung ...?

Dominanter Ehefrau ist ein Roman mit stark erotischem BDSM-Gehalt und wiederum ein neuer Roman aus der Sammlung Domination and erotic Submission, eine Reihe von Romanen mit hohem romantischen und erotischen BDSM-Gehalt.

(Alle Charaktere sind 18 Jahre oder älter)

Anmerkung zum Autorin:

Erika Sanders ist eine bekannte internationale Schriftstellerin, die in mehr als zwanzig Sprachen übersetzt wurde und ihre erotischsten Schriften, fernab ihrer üblichen Prosa, mit ihrem Mädchennamen signiert.

Index:

DOMINANTER EHEFRAU
ERIKA SANDERS

KAPITEL 1

Alles hatte unschuldig begonnen.

Ich hatte immer davon geträumt, dass meine Frau im Bett mehr Kontrolle übernehmen würde, und als sie fragte, ob sie mich fesseln könne, ergriff ich die Gelegenheit.

Er zog einige meiner alten Krawatten aus dem Schrank und band mich mit offenen Beinen ans Bett.

Dann, anstatt mich zu reiten, verband er mir die Augen.

Das war in Ordnung, nicht das, was ich erwartet hatte, aber es war eine nette Geste.

Endlich wurde mein Wunsch erfüllt, aber es schien, als hätte ich etwas vergessen.

Etwas ganz Wichtiges.

Wie gesagt, ich hatte immer davon geträumt, dass meine Frau die Kontrolle übernimmt.

Ich hätte nie gedacht, dass sie so gut darin sein würde.

Sie neckte mich unerbittlich, saugte hart an mir und schob dann ihren saftigen Sex über meine Brust und zurück in meinen Mund, damit ich essen konnte, wobei ich ständig meine Brustwarzen klemmte oder meinen Schwanz gegen meinen Bauch knallte.

"Bitte Herrin, ich muss kommen. Ich brauche es jetzt wirklich."

Er war sich nicht sicher, wann er sie während der Abendspiele als Herrin bezeichnet hatte, aber jetzt, wo es angefangen hatte, schien es viel einfacher zu sein.

"Mmmmm ... ist der Sklave geil? Will er gefickt werden?"

Ich hatte nicht einmal Zeit, mich über ihre Tonveränderung oder wie sie mich nannte, zu wundern, weil es einen Eingriff gab, den es nicht hätte geben sollen.

Sie steckte einen geschmierten Finger in meinen engen Arsch, etwas, das noch niemand zuvor getan hatte.

"No-uh-huh", knurrte ich und versuchte sie aufzuhalten, aber es war zu spät.

Er drückte seinen Sondierungsfinger ganz nach unten und fing dann an, ihn in meinen Arsch hinein und heraus zu schieben.

Je mehr ich es tat, desto mehr wurde mir klar, dass es nicht so schlimm war, wie ich dachte.

Ich fühlte mich voll, aber jedes Mal, wenn ich es herausnahm, fühlte es sich gefährlich an, als sollte ich auf die Toilette gehen.

Aber als ich darüber hinweg war, fühlte ich mich ziemlich gut.

Verdammt, wen er veräppelte, es fühlte sich wirklich gut an.

"Der Sklave mag es, oder?" Fragte meine Frau.

Es war schwer zuzugeben, aber ich nickte.

"Ja..."

Sie zog ihre Finger zurück.

Ich betete, dass er es wieder tun und gleichzeitig masturbieren würde.

Aber stattdessen hörte ich, wie sie noch etwas Schmiermittel herausdrückte und den Eingang zu meinem Arsch wieder schmierte.

"Will der Sklave zwei Finger in seinem Arsch?" Sie fragte.

Ich habe meine Frau noch nie schmutzig reden hören.

Bis auf die wenigen Male, die sie kurz vor dem Orgasmus stand und mir sagte, ich solle ihre Muschi ficken.

Selbst dann bezweifelte er, als hätte er Angst, solch ein schelmisches Wort zu sagen.

Ihre neue Einstellung war völlig unerwartet.

Nach Jahren der Dominanz war es eine große Veränderung, plötzlich die Person zu sein, deren Grenzen überschritten wurden.

Es war erotisch, ja, aber es war auch ein bisschen beängstigend.

"Ja", antwortete ich.

"Der Sklave muss 'Ja, tu es, Herrin' sagen."

Warum nannte er mich immer wieder den Sklaven?

Es muss eine Art Rollenspiel sein.

Es war ein bisschen gruselig und unangenehm, aber nicht genug, um mein Bedürfnis nach Befreiung zu lindern.

"Ja, der Sklave will es, Herrin", sagte ich.

Sie schob ihre Finger in mich hinein.

Bevor ich mich satt fühlte und es ein bisschen seltsam war, aber diesmal war es, als würde ich gedehnt. . . verbreitert.

Und als er anfing mich zu ficken, hörte ich die nassen Geräusche seiner geschmierten Finger in mich eindringen.

Ich fühlte mich ein bisschen schmutzig.

Ich wusste, dass ich irgendwie mehr als meine anale Jungfräulichkeit aufgab, weil das Gefühl der Kontrolle, das ich hatte, ganz bei ihr war.

Ich tat mein Bestes, um meinen Körper davon abzuhalten, zu reagieren.

Ich versuchte das Grunzen und Stöhnen zu stoppen, das aus meinem Mund kommen wollte, ich versuchte den Stoß meiner Hüften und die Spreizung meiner Beine zu stoppen, aber es war alles nutzlos.

"Was für eine Schlampe. Der Sklave liebt es, nicht wahr? Der Sklave liebt es, in den Arsch gefickt zu werden. Er liebt es, 'benutzt' zu werden."

"Ja", gab ich zu, konnte nicht anders als die Situation zu bekämpfen, akzeptierte die Rolle, die er mir gab und öffnete mich seinen Fingern.

Es dauerte nicht lange, bis er gegen sie drückte.

"Der Sklave liebt es. Der Sklave will kommen", bat ich ihn.

Meine Frau hielt ihre Finger ruhig und ich bewegte mich trotz meiner Zurückhaltung weiter gegen sie, so gut ich konnte.

Ich wusste was ich tat.

Er gab zu, dass er ihn liebte.

Dass sie mich nicht gezwungen hat.

Und es war mir egal.

"Die Sklavin liebt es. Meine Schlampe liebt es in ihrem dreckigen Arsch, oder?"

"Ja, der Sklave will es."

Sie berührte meinen Schwanz.

"Der Sklave hat es sehr schwer. Er ist eine Hure dafür, dass er das will. Ich wette, er will jetzt kommen."

"Mmmm", stöhnte ich. "Der Sklave will jetzt wirklich kommen."

"Aber was würde der Sklave tun, um abzuspritzen, hmmmm?" Sie fragte.

"ETWAS!" Ich stöhnte.

"Etwas?" Sie fragte. "Ist der Sklave in Sicherheit?"

"Ja", er war fast außer Atem. "Der Sklave ist sehr sicher."

"Würdest du dich von dem Liebhaber deiner Herrin ficken lassen? Würdest du uns das hier mit dem Sklaven im Raum machen lassen?"

KAPITEL 2

WOW, das war ziemlich verwirrend.

Ich war der Liebhaber meiner Frau, richtig?

Und das Haus war leer, oder?

Ein Spiel. . . das musste es sein.

"Ja Ma'am", antwortete ich.

Sie stand auf, ging aus dem Raum und ließ mich immer noch wollen.

Ich hörte das gedämpfte Geräusch, mit jemandem zu sprechen.

Es konnte sonst niemanden geben.

Er war sich sicher, dass das Haus leer war.

Aber wenn es leer war, mit wem sprach er?

Ich wünschte, ich hätte keine Augenbinde.

Der Raum wurde plötzlich sehr kalt und das Spiel sah nicht mehr so sehr wie ein Spiel aus.

Meine Hilflosigkeit und die Situation, in der ich mich befand, berührten schließlich meine Seele.

Die Tür öffnete sich und ich bemühte mich, meine Beine zu schließen, um die verbleibende Bescheidenheit zu schützen.

"Hier ist es", sagte meine Frau. "Wie ich dir schon sagte. Die Schlampe, die gerne ihren Arsch ficken lässt."

Mir wurde klar, was ich früher vergessen hatte: ein sicheres Wort.

Ich hatte keine.

Meine Frau hatte erwähnt, dass sie ihren Geliebten ficken sollte, aber von den Dingen, die sie sagte, könnte ich derjenige sein, der gefickt wird.

Ich brach.

Selbst wenn es ein Spiel war, war es zu intensiv geworden.

Ich zog an meinen Fesseln.

"Schatz", flehte ich ihn an.

Es fiel mir schwer zu atmen.

Ich begann Tränen zu vergießen, die von der Krawatte absorbiert wurden, die meine Augen bedeckte.

"Shhhh", sagte er, streichelte mich und beruhigte mich. "Hat der Fuchs Angst?"

"Ja", gab ich zu.

Er konnte jetzt etwas leichter atmen, aber er zitterte immer noch.

Zum Glück hat meine Frau die Augenbinde entfernt.

Ich sah mich im Raum um.

Es war sonst niemand da.

"Beste?" Sie fragte.

"Ja", seufzte ich erleichtert.

"Gut", sagte sie, als sie auf das Bett kletterte und sich auf mein Gesicht setzte.

Aber ihr Geschlecht war außerhalb meiner Reichweite.

Sie spreizte die nassen Lippen ihres Geschlechts und schob einen Finger hinein, fickte sich selbst, spielte mit mir, neckte mich und fragte sich, wie sehr ich ihn wollte.

Dann hielt er sein Geschlecht offen und ließ es auf meinen Mund warten.

Als ich jedoch versuchte, sie zu küssen und ihr Vergnügen zu bereiten, zog sie sich lachend zurück.

"Schau", sagte er zu niemandem. "Ich habe dir gesagt, ich bin eine Hure. Mein eigener schwacher kleiner Sklave."

Er schob einen nassen Finger in meinen Mund.

Ich war in seinem Geschmack durchnässt.

Ich saugte daran und ließ es sauber, als ich es in meine Lippen hinein und heraus schob.

"Ja, er ist mein 'schwacher Sklave', oder?" sie fragte mich, als würde sie mit einem Baby sprechen.

"Ich bin, ich meine, ich bin dein Sklave, Herrin", antwortete ich.

"Der Sklave wärmt seine Herrin auf und bringt ihre Herrin dazu, den großen fetten Schwanz ihres Geliebten zu wollen."

Meine Frau kam herüber.

Ich hatte erwartet, dass ihre Hand sich um meinen Schwanz legte und mich wichste, als ich sie erfreute, aber als ihre Hand zurückkam, enthielt sie etwas, von dem ich nie wusste, dass ich es hatte: einen Dildo!

Und nicht irgendein Dildo.

Es war groß.

Viel größer als mein Schwanz und es war schwarz.

Er küsste es, rieb es dann zwischen ihren Brüsten und schob es schließlich zwischen den Lippen ihres Geschlechts hin und her.

"Gott, ich kann es kaum erwarten, deinen großen, fetten Schwanz in meiner Muschi zu spüren", sagte er und legte dann den Dildo an meine Lippen. "Saugen Sie den Schwanz meines verdammten Geliebten. Machen Sie es Ihrer Herrin schwer."

Ich sah meiner Frau in die Augen und erwartete fast ein Lächeln.

Ein Lächeln, das mich umgebracht hätte, aber nicht da war.

Stattdessen verengten sich seine Augen vor Vergnügen.

Ich teilte meine Lippen und saugte an ihm, genoss den Latex und Moschus ihres Geschlechts.

Er pumpte es für ein paar Minuten in meinen Mund und auf meine Lippen, als er es küsste.

"Meine Herrin ist auch der verdammte Schwanz des Sklaven, oder?"

Ich konnte nicht antworten, aber der Dildo in meinem Mund sagte viel.

"Er ist jetzt bereit, sei keine gierige kleine Schlampe." sagte sie und zog es aus meinem Mund. "Ich werde ihn jetzt freigeben. Wird er ein guter Sklave seiner Geliebten sein?"

"Ja, Herrin", antwortete ich, als sie meine Fesseln löste.

"Denk nur daran", sagte er und zeigte auf meinen Schwanz, "es gehört mir."

Als ich frei war, bewegte sie mich in die Mitte des Bettes, immer noch auf meinem Rücken.

Dort angekommen stieg sie auf mein Gesicht und griff dann hinter sich und schob den Dildo zu ihrem Geschlecht.

"Oh Gott", keuchte sie, als sie ihn hineinschob. "Was für ein Schwanz. Umm-mmm-so verdammt groß."

Ich war momentan eifersüchtig.

Ja, eifersüchtig auf ein lebloses Objekt.

Von meiner Position aus konnte ich sehen, dass er sie auf eine Weise streckte und füllte, die ich niemals konnte.

Ich versuchte, mich nicht stören zu lassen, als ich mit erneuter Begeisterung mit meiner Zunge auf ihren Kitzler schlug.

"Schau", sagte er und sprach mit seinem imaginären Liebhaber. "Schau, ich habe dir gesagt, die kleine Schlampe wollte zusehen, wie du mich fickst. Oh, Liebes, dein Schwanz ist so groß und es fühlt sich so gut an. Du wirst mich zum Abspritzen bringen, du wirst mich zum Abspritzen bringen."

Sie schrie vor Vergnügen auf und ihr Körper spannte sich an.

Sie drückte ihr Geschlecht mit zermalmender Kraft gegen meinen Mund, als sie gegen mich knallte.

"Fick, fick, fick, fick."

Sie zog den Dildo aus ihrem Geschlecht und bedeckte meinen Mund mit der Öffnung ihres Geschlechts.

"Probieren Sie meine Milch, trinken Sie sie", befahl er.

Während sie gut von ihr trank, pumpte sie meinen Schwanz.

Als ich als Antwort meine Hüften schüttelte, fühlte ich, wie der Dildo gegen meinen Hintern drückte.

"Spreiz deine Beine, Schlampe. Gib dich meinem Geliebten", forderte meine Frau.

Er war nicht bereit dafür und ging zu weit.

"Mach es zu einer Hure", sagte er.

Seine Stimme gab keinen Ungehorsam zu.

Ich spreize meine Beine.

Er nannte mich nicht nur eine Hure, ich fühlte mich auch wie eine.

Er drückte den Dildo gegen meinen Arsch und versuchte ihn zu zwingen.

Es würde nicht funktionieren.

Ich versuchte mich zu entspannen.

Ich habe versucht, es zu ertragen, aber es war zu groß und es tat zu weh.

Ich schrie jedes Mal, wenn sie drückte.

"Es ist zu groß für den Sklaven, nicht wahr?" sie fragte mitfühlend. "Es ist ein zu großer Schwanz für ihren dreckigen kleinen Arsch."

Ich nickte erleichtert.

Mein Arsch brannte immer noch.

"Sag es!" gefordert.

Als ich wollte, dass meine Frau die Kontrolle übernimmt, hatte ich nicht darüber nachgedacht.

Er sollte mich fesseln und dann tun, was ich von ihm wollte.

Stattdessen ließ sie mich tun, was 'sie' tun wollte und sagen, was 'sie' wollte, dass ich sagte.

"Er ist, er ist zu groß", Gott, es war schwer zu sagen.

Es hatte mich fast mehr verarscht, es zuzugeben als alles andere, aber ich wusste, dass ich es auf keinen Fall ertragen konnte.

"Es ist zu groß für meinen dreckigen Hintern."

Zum Glück legte er den Dildo hin und drückte seine Finger gegen mein faltiges Loch.

Sie rutschten leicht aus.

Ich stöhnte als Antwort.

"Aber mein Sklave mag die Finger seiner Herrin, nicht wahr? Er muss seine Beine weiter spreizen und sie aus dem Weg seiner Herrin bringen."

"Ja, der Sklave mag es so viel besser."

Ich tat, was sie sagte, legte meine Hände hinter meine Knie und zog meine Beine an meine Brust.

"Mehr", sagte sie. "Überlass es mir."

Ich bin ein bisschen mehr aufgestanden.

Mein Hintern verließ das Bett.

Ich konnte leicht sehen, wie sie meinen Schwanz mit einer Hand pumpte und mit der anderen meinen Arsch streichelte.

"Oh ja, das ist es. Überlass es mir." Sie sah mich an, als gehörte sie mir. "Es ist alles meins, richtig?"

"Ähm ja", knurrte ich.

"Fühlt sich der Sklave wie eine Hure?" Sie fragte. "Fühlt er sich wie 'meine' Hure?"

Ich fühlte mich wie eine Hure.

Kein Mann, der sein Salz wert war, würde in der Position sein, in der er sich befand.

Schlimmer noch, ich habe es geliebt.

"Ja", knurrte ich als Antwort.

War es meine Einbildung oder war es meine höchste Stimme?

"Ja, mein Sklave sieht aus wie eine Hure und klingt sogar wie eine Hure. Wie konnte er sich nicht wie eine Hure fühlen?" sagte sie und ich stöhnte als Antwort. "Du willst ihn, nein, Schlampe. Und er wird mir sein ganzes Sperma geben, richtig? Oh ja, er will so schlecht kommen, aber was würde mein Sklave tun, um zu kommen?" Sagte er, ließ meinen Schwanz los und rollte meine geschwollenen Eier in seiner Hand, während er meinen Anus weiter untersuchte.

"Alles", antwortete ich und meinte es ernst.

Meine Eier schienen zu explodieren.

"Würde mein Sklave das Sperma des Geliebten seiner Herrin trinken? Würde er seinen schmutzigen Schwanz putzen?"

"Ja! Bitte, irgendetwas, bitte, lass mich einfach kommen."

"Also stöhne darüber, Schlampe."

"Ugh, oh yeah!" Ich bat als Antwort.

Sie hielt meinen Schwanz an der Basis und spielte gegen den Boden, neckte mich.

"Hündinnen beschweren sich nicht so. Und sie sagte, sie sei meine Schlampe, oder?"

"Ja. Ja ... ich ... sie ist ... deine Hure", antwortete ich und wurde mit einem kleinen Kuss auf den Kopf meines Schwanzes belohnt.

Ich stählte mich hinein.

Könnte ich das wirklich tun?

Was würde meine Frau von mir denken, wenn ich es tat?

Wie würde unsere Beziehung später aussehen?

Ich konnte es nicht vermeiden.

"Mmmmmm", stöhnte ich leise.

Es war kein sehr männliches Stöhnen.

Es war weit davon entfernt.

Es war das Stöhnen einer Frau.

Die Art, die ich gehört hatte, nicht von meiner Frau, sondern vom Anschauen von Sexvideos.

Sie belohnte mich, indem sie den Kopf meines Schwanzes in ihren Mund saugte und ihn dann wieder herauszog.

"Das ist besser, aber sie kann es besser machen, oder?"

Ich konnte fühlen, wie das Sperma in mir kochte.

"Mmmmm- uuhhhhh", knurrte ich lauter.

Sie nahm ihren Mund mit einem Knall von meinem Schwanz.

"Ja, das ist es. Das ist das Geräusch, das eine Schlampe macht. Das ist das Geräusch, das deine Herrin hören möchte, aber deine Herrin will mehr, bevor sie ihren Sklaven kommen lässt. Sie will das ganze Paket."

Die ganze Packung?

Was wollte sie?

Es war sehr schwer zu denken.

Mein Körper brannte.

Ich wollte unbedingt kommen.

Ich dachte an einige der Pornobänder, die ich mir angesehen hatte.

Welches Mädchen war das beste?

Was hielt ich für die größte Schlampe?

Was sie getan hat?

Ich erinnerte mich an das Band und an das Mädchen, eine dünne Blondine.

Es sah so aus, als würden sie sie töten, während sie gefickt wurden, aber sie gab ihr Bestes.

Sie spreizte ihre Beine und zog sie bei jedem Stoß zurück.

Sie biss sich auf die Lippe, spielte mit ihren Brustwarzen und saugte an ihrem Finger.

Sie redete schmutzig.

Sie war ein Quietscher.

Aber lieber Herr, könnte ich das tun?

War ich mir überhaupt sicher, dass es das war, was meine Herrin, meine ich, meine Frau wollte?

Ich betete darum.

"Mmmmmm, fick mich. Gib es mir hart."

Ich schob meine Beine auseinander, gab mich ihr hin und biss mir auf die Unterlippe.

Er hoffte, dass es das war, was sie wollte.

Wenn nicht, hätte ich mich noch mehr zum Narren gehalten.

Ich fühlte, wie er den beiden, mit denen er mich schon in meinen Arsch steckte, einen weiteren Finger hinzufügte und er meinen Schwanz mit seinem Mund lutschte.

Das war es, was sie wollte.

Und ich fand heraus, dass ich es ihm geben könnte.

Es war einfach, als ich anfing.

Ich drückte meine Brustwarzen.

Ich biss mir auf die Lippe.

Ich drückte mich auf seine Finger.

Ich sprach schmutzig.

Oh Gott, ich hasse es, es zuzugeben, aber ich habe sogar geschrien.

Sie pumpte ihr Gesicht in kurzen Stößen auf und ab, die mit den Fingern Schritt hielten, die meinen Arsch pumpten.

Rauf und runter, rein und raus, mit mir bei jedem Stoß weinen.

"Ugh-Ugh-Ugh. Oh Gott, mmmmmmmmmm, ich werde kommen!" Ich schrie.

Meine Eier zogen sich zusammen und pumpten heißes Sperma, und meine Schreie wurden von seinem Geschlecht übertönt, als er sich wieder über mich beugte.

Es fühlte sich an, als würde meine Seele in mächtigen Explosionen aus meinem Schwanz entkommen, als alles in die schöne Höhle seines Mundes gesaugt wurde.

KAPITEL 3

Als ich fertig war, war ich schwach, benommen und lag wie ein zerknittertes Laken auf dem Bett.

Sie kletterte auf meinen Körper und setzte sich auf mich, kniete nieder und hielt meine Arme unter ihren Knien fest.

Sie lächelte und ihre Augen leuchteten vor Kraft und Lust.

Mein Sperma schimmerte zwischen ihren Lippen gegen das rot lackierte Lippenstift.

Er hob den Dildo und legte ihn unter seinen Mund.

Sein Lächeln wurde böse, als seine Lippen sich spitzten und mein Sperma in einem langen Strang aus seinem Mund tropfte, auf seinem schwarzen Schwanz landete und seine Länge hinunterlief.

"Saugen Sie es Sklave. Lassen Sie meinen Geliebten in Ihrem Mund abspritzen."

Ich wollte es nicht tun.

Ich wäre wahrscheinlich vor ein paar Augenblicken besorgt gewesen, selbst wenn ich gesagt hätte, dass ich es tun würde.

Aber jetzt war es nicht mehr an.

Ich war zufrieden und das Spiel sollte vorbei sein.

Ich wollte nicht mehr spielen.

"Der Sklave hat es versprochen, nicht wahr?"

Mein Sperma bewegte sich bereits vom Kopf des Hahns weg und bildete einen langen Strang zu meinen Lippen.

Er würde mich trotzdem schlagen, oder?

Wie würde ich mit meinem Sperma im Gesicht aussehen?

Ich öffnete meinen Mund.

Die eingegebene Samenkette.

"Ja ...", zischte meine Frau und ihre Augen loderten. "Ja, das ist es. Lass meinen Geliebten in deinen Mund kommen ... aber schluck es noch nicht."

Meine Frau schob seinen Schwanz zwischen meine Lippen.

Ich konnte den bitteren Geschmack meines Samens gegen den Geschmack des Latex an meinem Schwanz schmecken.

Es war nicht das erste Mal, dass ich es versuchte.

Aber einen Schluck Sperma zwischen meinen Zähnen zu haben und den Gummidildo zu bedecken, war weit davon entfernt, versehentlich meine Überreste von den Lippen meiner Frau zu schmecken, nachdem ich einen Blowjob erhalten hatte.

Die Hand meiner Frau fuhr zu ihrem Schritt, die Finger drehten sich um ihren Kitzler.

"Gott, du bist so heiß, mein kleiner Weichei-Sklave!" sie stöhnte. "So dreckig. Kleine Schlampe."

Sie pumpte den Dildo in meinen Mund hinein und aus ihm heraus.

"Du wirst mich wieder kommen lassen", keuchte er, zog den Dildo aus meinem Mund und warf ihn beiseite. "Öffne deinen Mund. Öffne es, schlucke Sperma und lass mich es sehen, lass mich das Sperma meines Geliebten sehen."

Ich öffnete meinen Mund und legte das Sperma auf meine Zunge.

Meine Frau versteifte sich und ihr Becken wölbte sich, als sie einen Orgasmus hatte.

Sie packte mich mit ihren Armen und Beinen und umarmte mich fest.

Sie küsste mich hungrig und wir gaben mein Sperma hin und her und tauschten es aus.

Sie brach auf mir zusammen und bewegte sich nicht.

Ich konnte es auch nicht.

Unsere beiden Körper verhedderten sich wie ein verschwitztes Rätsel.

Ich war erschöpft und es tat weh.

Aber es war ein guter Schmerz.

Ich fragte mich, was passiert war und wie sich dies auf unsere Beziehung auswirken würde.

Es war unglaublich gewesen.

Ich bin noch nie in meinem Leben so gekommen.

Ich fragte mich, ob er ein wahrer Liebhaber gewesen war.

Hättest du es schon genossen?

Ich fragte mich, ob sie es noch einmal machen wollte.

Ich habe mich über viele Dinge gewundert.

Meine Frau steckte ihren Kopf von meiner Brust.

"Wow", sagte sie.

Es war die Untertreibung des Jahres, aber ich fühlte mich damals so viel selbstsicherer.

"Wow du hast recht." Ich antwortete.

Sie lächelte, kein böses Lächeln wie zuvor, aber ein bisschen verspielt und wenn es nicht meine Einbildung war, vielleicht auch ein bisschen schüchtern.

"Denkst du vielleicht, dass wir beim nächsten Mal sehen können, ob mein Geliebter einen Freund hat, den er mitbringen kann, vielleicht jemanden, der für dich etwas kleiner ist?"

Es war erstaunlich, wie ruhig er die Dinge sagen konnte, die eine beliebige Anzahl von Dingen bedeuten konnten.

Aber was auch immer sie sagen wollte, sie wusste die Antwort, die sie geben wollte:

"Das wäre schön", antwortete ich.

"Mmmmm ..." Sie küsste mich erneut. "Du bist sehr dreckig."

EIN SEHR DANKBARER NACHBAR
ERIKA SANDERS

KAPITEL 1

Anytha überprüfte ihren Briefkasten genau um 6:40 Uhr, genau wie jeden Tag, sogar samstags.

Er war einfach so ein Gewohnheitstier.

Das und der 5:15 Bus zurück von der Arbeit.

Als er seinen Briefkasten schloss und sich umdrehte, rollte ein hübscher junger Mann im Rollstuhl.

Anytha lächelte ihn höflich an und ging zu den Aufzügen.

Er hatte kaum ein paar Schritte in diese Richtung getan, als er bemerkte, dass der junge Mann auf die oberste Reihe von Briefkästen gestarrt hatte.

Sie drehte sich um und ließ los:

"Brauchen Sie Hilfe?"

"Eigentlich wäre das großartig", antwortete er traurig. "Letzte Woche hat der Portier meine Post abgeholt. Jetzt diese Woche ist er jemand anderes und er wird mir dabei nicht helfen. Er sagt, es ist illegal, die Post eines anderen zu bearbeiten."

"Es ist ein Sturm", versicherte Anytha ihm, nahm ihren Schlüssel und steckte ihn in den richtigen Briefkasten. "Der normale Typ wird nächste Woche zurück sein. Versprich nur, dass du nicht das FBI anrufst, das mich meldet, okay?" Sagte er lächelnd.

Sie gab ihm einen Stapel Umschläge.

"Gott segne den Stadtrat." Er fuhr mit einem Hauch von Bitterkeit fort. "Architekten entwerfen erschwingliche Wohnungen, aber keine Postfächer."

"Es tut mir leid", sagte Anytha, nicht sicher, was sie sonst noch anbieten könnte.

Plötzlich schlug sie sich auf die Stirn und trat überrascht einen Schritt zurück.

"Was ist mit mir? Hier bin ich in der Gegenwart einer schönen, freundlichen und verständnisvollen Frau und alles was ich tun kann ist mich zu beschweren. Als ob es irgendwie deine Schuld wäre. Lass mich von vorne anfangen. Danke, und ich meine es aufrichtig. Meine Name ist Brian. Sie haben es wahrscheinlich aus meiner Mail herausgefunden, oder?"

"Ich bin Anytha", sagte sie und schloss ihren Briefkasten. "Du bist neu hier, oder?"

"Ich bin letzte Woche eingezogen. Was kann ich tun, um dir zu danken?"

"Was, das? Das ist nichts. Und ich bin jeden Tag um 6:40 Uhr hier, weißt du, bis der reguläre Torhüter zurück ist. Ich werde dir gerne helfen."

"Nicht 6:45?" fragte er und hob eine Augenbraue.

Sie lachte, als sie beide zum Fahrstuhl gingen.

"Nein, es sei denn, der Bus kommt zu spät. Wenn Sie nicht viel Leben haben, ist es einfacher, pünktlich zu sein."

"Eine schöne Frau wie du, leblos?" sagte er nachdrücklich ungläubig.

Sie errötete.

"Du bist nur nett."

"Lass mich dir wenigstens ein Bier holen." Er rollte sich in den Fahrstuhl.

"Ich mag Bier wirklich nicht", lehnte sie schüchtern ab.

"Na und? Du machst es dir schwer, hier ein Gentleman zu sein. Margaritas, Mojitos, Brandy, Champagner?"

"Ich behalte nur den Wein."

Er stürzte sich.

"Rot oder weiß, süß oder trocken, einheimisch oder importiert?"

"Brian, wirklich, du musst nicht ..."

Als sich die Türen auf ihrem Boden öffneten, rollte er sich vor sie.

"Ich werde dich nicht gehen lassen, bis du antwortest."

Sie verdrehte die Augen.

"Sehr gut, du gewinnst. Weiß, trocken und billig."

"Meine Art von Mädchen", sagte er mit einem Augenzwinkern und trat zurück, damit sie aus dem Aufzug steigen konnte.

Sie schüttelte verärgert den Kopf, lächelte aber zur Tür ihrer Wohnung.

KAPITEL 2

Am nächsten Tag wartete er auf sie, als sie die Lobby betrat und mit ihrem Regenschirm kämpfte.

Sie lächelte angenehm überrascht, nahm ihren Schlüssel, um ihre Post zu durchsuchen, und öffnete dann ihre eigene Schachtel.

Er wartete geduldig, bis sie sich umdrehte und zum Fahrstuhl ging und sich neben sie rollte.

"Ich entführe dich und lasse dich das Glas Wein von gestern annehmen. Ich habe drei verschiedene Geschmacksrichtungen zur Auswahl."

"Aromen?" sagte sie mit einem Stirnrunzeln. "Wir reden nicht über Weine mit Fruchtgeschmack, oder?"

"Ich scherze", entschuldigte er sich.

"Nun, das ist in Ordnung. Ich denke, in diesem Fall kannst du mich entführen. Aber nur für einen."

Ein Lächeln umspielte seine Lippenwinkel, als er zum Fahrstuhl rollte.

Als er sie einige Minuten später zu seiner Wohnung führte, war sie von der zurückhaltenden, aber eleganten Einrichtung beeindruckt.

Er lehnte ihr Hilfsangebot ab und befahl ihr, es sich auf dem großen Sofa "bequem zu machen", als er die Küche betrat und sich dem Servieren des Weins widmete.

Anytha sah ihn an, als er über die niedrige Theke ging.

Ich hatte gestern nicht viel bemerkt, außer ihrer allgemein attraktiven Natur, mit lächelnden Augen, ziemlich kurzen, welligen blonden Haaren und einem starken, eckigen Kiefer.

Jetzt ohne sperrige Jacke fand er seine Schultern und Brust sehr breit, seine Arme sehr muskulös.

Als er sie ansah, sah sie schnell und gerötet weg.

"Wow", sagte sie. "Sie haben eine viel bessere Sicht als meine. Unglaublich, was sie ein paar Meter höher können."

"Nachts ist die Beleuchtung in der Stadt ziemlich schön. Vielleicht kann ich Sie überzeugen, bis dahin zu bleiben, wenn ich Ihnen mehrere Gläser Wein einschenke."

Anytha sah ihn an, aber sie lächelte spöttisch.

"Ich sagte nur einen Drink", erinnerte er sie.

Er zuckte mit den Schultern.

"Wenn ein Mann eine schöne Frau entführt, können Sie ihn nicht beschuldigen, das Vergnügen verlängern zu wollen. Chardonnay, Sauvignon Blanco oder Bacardi?"

"Chardonnay", antwortete sie und ging dann hinunter, um seine Hände auf ihrem Schoß zu betrachten. "Das solltest du nicht immer sagen."

Er runzelte die Stirn.

"Um das zu sagen?"

"Ich bin nicht schön."

Er hörte auf, was er tat und rollte über die Küchentheke auf sie zu.

"Wer dich davon überzeugt hat, verdient es, herausgefordert zu werden, und ich bin der Typ, der das tut. Gib mir einen Namen!"

Als sie merkte, dass er sich nicht ohne Antwort bewegen würde, murmelte sie:

"Eine schlechte Beziehung. Es ist vorbei. Es ist weg."

Er beobachtete sie einen Moment, gab dann nach und kehrte in die Küche zurück.

"Deshalb hast du kein Leben? Ein Arschloch, das keine Ahnung hatte, wie gut es war?"

Sie hob ihr Kinn und lächelte, aber er bemerkte, dass sie immer noch ihre Hände rang.

"Ich denke, es hat mich selektiver gemacht", sagte sie.

Einen Moment später kehrte er mit einem Bier auf dem Schoß und einem großen Glas Wein in der Hand zurück.

Irgendwie gelang es ihm, seinen Stuhl mit einer Hand zu rollen.

Er verbeugte sich sogar leicht, als er ihr den Wein anbot.

"Dein Getränk, meine Dame."

"Vielen Dank, mein Herr", antwortete sie und lachte leise.

Er nahm sein Bier, öffnete den Deckel, warf es vorsichtig in einen entfernten Mülleimer und hob die Flasche zu ihr.

"Für die wunderbaren Nachbarn."

Sie stieß ihr Glas gegen ihre Flasche.

"Ching, Ching", stimmte sie zu.

KAPITEL 3

Eine Weile unterhielten sie sich untätig über Beruf und Familie, Mitmieter, Probleme mit öffentlichen Verkehrsmitteln und andere Probleme im Zusammenhang mit ihrer Komfortzone.

Als Anytha sich entschuldigte, ihr Badezimmer zu benutzen, füllte er heimlich ihr Weinglas aus der Flasche nach, die sie in einer Seitentasche ihres Stuhls aufbewahrt hatte.

Als sie zurückkam und misstrauisch auf das Glas schaute, folgte ihm eine effektivere Ablenkungstechnik.

"Sie haben mich nicht gefragt, wie ich auf diesem Stuhl gelandet bin", sagte er.

"Oh", antwortete sie und nahm einen kräftigen Schluck Wein. "Es geht mich wirklich nichts an."

Brian gab sich einen imaginären Klaps auf den Rücken.

Diese Taktik funktioniert die ganze Zeit.

"Und dein Ex geht mich nichts an. Ich schlage eine Sache vor, ich werde dir meine Geschichte erzählen, wenn du mir deine erzählst."

"Nicht wirklich ..."

"Ich war dumm. Ich habe zu viel getrunken. Ich bin auf ein Motorrad gestiegen. Ich habe ein Stück Kies getroffen, dann habe ich einen Graben getroffen, dann habe ich einen Baum getroffen. Zumindest sagen sie mir das. Ich erinnere mich an nichts davon. Aber jetzt funktioniert nichts. von der Hüfte abwärts. "

"Es tut mir so leid", sagte sie und legte ihre Hand auf seine.

"Nicht. Ich bin immer noch hier. Ich habe immer noch Spaß. Und das Beste ist", beugte er sich zu ihr. "Schöne Frauen sehen mich nicht als große Bedrohung für harte Kerle, wenn ich versuche, sie in meine Abteilung zu locken." Er lehnte sich in seinem Stuhl zurück. "Ich bewege mich im Schatten, Baby."

Anytha sah ihn an und hob eine Augenbraue.

"Du warst ein Defensivspieler", riskierte sie eine Vermutung.

Er lachte glücklich.

"Offensive. Center, gelegentlich." Er zuckte mit den Schultern. "Es ist nicht gut genug für Profis, aber Sie würden denken, es würde es zumindest einfacher machen, ein Date auf dem Campus zu haben. Wenn ich mich an eine schöne Dame gewandt hätte, die zu der Zeit an ihrem Briefkasten stand, könnte ich sie für ein Getränk in mein Zimmer kaufen. Nun, Sie liefen normalerweise auch nicht schnell genug. Natürlich bekamen die Quarterbacks und Receiver die gute Presse. Wir waren nur "die Linie", die den niedlichen Quarterback vor dem Absturz bewahren sollte.

"Aber letztes Jahr in der Schule bin ich zurückgekommen und statt sechs Fuß sechs zweihundertsechzig Pfund Eisenmuskel habe ich einen vier Fuß Stuhl ohne Motor. Jetzt reden Mädchen mit mir, aber nur darüber, wie ich es tut ihnen sehr leid. "

"Oh ich ..." Anytha sah auf ihren Schoß hinunter.

"Außer dir", unterbrach sie ihn. "Abgesehen von der Tatsache, dass du dich zu oft entschuldigst, habe ich keinen Anflug von Mitleid. Es ist erfrischend. Und wenn du es wirklich gut versteckst, sag es mir bitte nicht. Lass mich mit meiner Fantasie so leben."

Diesmal füllte er sein Weinglas nach, ohne etwas vorzutäuschen.

Sie schien ihr voreingestelltes Limit nicht zu bemerken oder sich daran zu erinnern.

"Dort habe ich meine Seele entdeckt. Jetzt bist du dran."

Er zog ein weiteres Bier aus seiner Stuhltasche und schlug erneut perfekt auf den Deckel.

"Ähm, ich ..." Anytha rang wieder ihre Hände.

Er nahm sein Glas Wein und schloss die Finger um den Hals der Basis, um sich etwas anderes zu tun.

"Hat er dir gesagt, dass du nicht schön bist?" Fragte Brian leise.

"Nein, das hat er nie gesagt", sagte sie kopfschüttelnd.

"Hat er dir gesagt, dass du schön bist?"

"Mmm nein." Er nahm einen großen Schluck Wein.

"Dann lass mich raten. Er hat ständig auf Mängel hingewiesen. Habe ich recht?"

Sie nickte mürrisch.

"Er würde mir sagen, dass ich abnehmen musste, und wenn ich versuchte, ein wenig abzunehmen, sagte er, dass meine Brüste jetzt zu klein waren. Er sagte mir, ich solle mir die Haare schneiden, und wenn ich es tat, würde er meinen Stil lächerlich machen. Meine Kleidung war nie richtig. Sogar die, die er mir gekauft hat. Er hat mich dazu gebracht, farbige Kontaktlinsen zu tragen, weil meine Augen stumpf waren, aber dann hat er sich beschwert, dass die Farbe zu künstlich ist. Er hat mich dazu gebracht, lächerlich hohe Absätze zu tragen, aber dann wurde er wütend, weil ich es ihm gesagt habe Füße schmerzen. "

Brian wartete geduldig, bis sie sich zu entspannen begann, nahm dann ihre Hand und hielt sie fest.

"Er hat dir auch gesagt, dass du im Bett schrecklich bist, oder?" Sie nickte, sah aber nicht auf.

Nach einem Moment streckte er seine freie Hand aus, umfasste ihr Kinn und hob es an.

"Ich schwöre, nichts davon ist wahr. Nun, okay, ich kann nicht für den Sex-Teil bürgen, aber ich war mit genug Frauen zusammen, um eine sehr gute Vorstellung davon zu bekommen, wie du im Bett sein wirst, nur so, wie du dich fühlst. Sie fahren aus dem Bett. Und Anytha, Sie kommen darüber hinweg. Sie müssen anfangen, sich ein bisschen zu entspannen. "

Sie lächelte traurig.

"Also diese Therapiesache, die du gerne mit Mädchen machst. Ist es nur eine Nebenbeschäftigung oder verdienst du viel Geld damit?"

Er lachte.

"Ich sammle meine Zahlung mit einem Lächeln", sagte er und breitete die Arme aus. "Ich möchte, dass du hierher kommst und dich auf meinen Schoß setzt, um dich zu umarmen."

"Bist du sicher? Ich meine ..."

"Sie sind nicht gebrochen", sagte er und tätschelte seine Schenkel. "Sie machen einfach nichts, was ich ihnen sage."

Sie zögerte immer noch, als sie vor ihrem Stuhl stand, aber dann beugte er sich vor und nahm sie in seinen Schoß, ließ ihre Beine über einer Armlehne des Stuhls baumeln.

Nach nur einer kurzen Pause kuschelte sie sich an seine breite, harte Brust, schlang ihre Arme um seinen Hals und seufzte.

Er schlang seine muskulösen Arme um sie und zog sie noch näher an sich heran.

"Ich mag dich, Brian", sagte sie, obwohl ihre Stimme gegen seine Brust gedämpft war.

"Und ich mag dich", antwortete er. "Ich wünschte nur, ich hätte die Ausrüstung zur Verfügung, um dir zu beweisen, dass der Idiot mit allem anderen am Bett falsch lag."

Anytha kicherte ein wenig und fragte sich sofort, wie viel Wein sie auf nüchternen Magen getrunken hatte.

Er drückte sie noch einmal und als sie sich auf seinen Schoß setzte, fügte er hinzu:

"Und falls Sie interessiert sind, funktioniert die Sprache immer noch gut."

Er nahm es heraus und bewegte es nur als Beweis.

Anytha lachte jetzt laut.

Sie bewegte sich von seinem Schoß.

"Ich denke, ich sollte besser gehen, bevor du mir mehr zu trinken gibst. Du lässt mich wie ein geiles Schulmädchen fühlen!"

"Also läuft mein teuflischer Plan wie erwartet", lachte er, obwohl er seinen Stuhl beiseite schob, damit sie sich auf die Couch bewegen konnte.

Sie sammelte ihren Mantel und ihre Sachen ein, als er sie aufhielt.

"Wie auch immer, kann ich Sie überzeugen, am Freitag zum Abendessen zu kommen? Mein Zwillingsbruder wird hier sein. Ich möchte, dass Sie ihn treffen."

Er suchte in seiner weinroten Erinnerung.

"Hast du gesagt, er ist dein Zwilling?"

"Ja. Identisch. Nur dass er nicht dumm genug war, auf ein Motorrad zu steigen, wenn er betrunken war."

"Ähm", zögerte er.

"Keine Ausreden. Sie haben bereits gestanden, dass Sie kein Leben haben."

"Verdammt. Okay. Wann?"

"Sie können mir um 6:40 Uhr mit meiner Post helfen, dann bequemere Kleidung anziehen und zu meinem Haus gehen, sagen wir 7:40 Uhr", sagte er mit einem Augenzwinkern.

Sie lachte.

"7:40 ist in Ordnung."

KAPITEL 4

Am Freitagabend zog Anytha eine Yogahose und ein übergroßes T-Shirt an.

Flip-Flops rundeten das Outfit ab.

Vor der Tür von Brians Haus blieb er absichtlich bis 7:40 Uhr auf seinem Handy stehen.

Als er klopfte, wurde die Tür sofort geöffnet.

Brian hatte offensichtlich darauf gewartet, dass sie hineinklopfte.

Sie lachte und er lachte und gab ihr ein Glas Wein.

"Komm und triff meinen Bruder", sagte er und führte sie zur Couch.

Es war eine Kopie von ihm, bis hin zu den schwarzen Jeans und dem weißen Hemd mit offenem Hals.

Er war bereits aufgestanden und hatte das Sofa mit ausgestreckter Hand gedreht.

"Wie auch immer, das ist John."

"Es ist ein Privileg, jemanden zu treffen, der bereit ist, es zu ertragen", sagte John, nahm ihre Hand, brachte sie dann aber an seine Lippen, um einen Kuss auf ihre Handfläche zu pflanzen.

"Das war sehr süß", antwortete Anytha.

"Es ist nur so, dass ich der süßeste Bruder bin. Er ist der unerträglich langweilige. Komm und setz dich", fügte er hinzu und zog sie zum Sofa.

"Kann ich beim Abendessen helfen?" Sie fragte.

"Er lässt dich nicht helfen", versicherte John ihr, "weil du alle Kisten sehen konntest, aus denen sein 'hausgemachtes' Essen kam."

"Sehr lustig", schleppte Brian und kehrte in die Küche zurück.

"Also verstehe ich, dass du Probleme mit einem Ex hattest?" Fragte John.

"Oh, äh ..." Anytha errötete wütend.

"Brian hat es mir gesagt. Keine Details, nur das, mal sehen, wie hat er es ausgedrückt?" Der Trottel hat sein Selbstwertgefühl beschissen. "Ich habe angeboten, ihm zu helfen, den Trottel zu verprügeln. Aber jetzt, wo ich dich getroffen habe, scheint eine Prügelstrafe unangemessen. Zumindest müssen wir seine Fingernägel und Zehennägel entfernen. "

Brian drehte sich um und reichte John ein Bier.

"Ist das deine Idee, ein Gespräch zu beginnen?" Er blickte seinen Bruder finster an.

John zuckte nur die Achseln.

"Ich bin nicht sehr gut darin, Unsinn über das Wetter zu reden. Außerdem ist alles, was es hier tut, Regen. Es begrenzt die Vielfalt der witzigen Sätze."

"Wirklich Leute, ich versuche nur, mit meinem Leben weiterzumachen. Niemand muss getroffen werden", mischte sich Anytha ein.

"Das ist Ansichtssache", sagte Brian und sah seinen Bruder an.

"Ich liebe dich auch, Bruder", schrie John, als Brian in die Küche zurückkehrte.

Er sah Anytha an.

"Er liebt mich", sagte sie mit einem Augenzwinkern.

"Hast du auch Fußball gespielt?" Fragte Anytha und versuchte, das Gespräch auf neutrales Gebiet zu lenken.

"Ein paar Jahre, aber es dauert lange und ich dachte, ich sollte mich besser auf eine ... realistischere Karriere konzentrieren."

"Okay Leute", rief Brian. "Zeit für das Abendessen."

John stand auf, nahm ihre Hand und zog sie zum Esstisch in der Ecke des Raumes neben den Fenstern.

Es war das erste Mal, dass ich bemerkte, dass der Tisch wunderschön gedeckt war.

Brian zündete Kerzen in der Mitte des Tisches an.

Draußen gingen die Lichter der Stadt an, als sich der Himmel verdunkelte.

Brian nahm eine Fernbedienung.

"Jazz, Pop oder Rock?" Ich frage Sie.

"Ich bin ernsthaft unterkleidete", sagte sie und legte ihre Füße gegen Johns Handzug.

"Unsinn", rief John aus. "Wir essen normalerweise nackt."

"Also bist du überkleidet", sagte Brian.

Er drückte einen Knopf auf der Fernbedienung und sanfter Jazz erfüllte den Raum.

Er zog einen Stuhl heraus, damit sie zu den Fenstern blicken konnte, und Johns sanfte, aber beharrliche Hand auf ihrem Rücken setzte sie gegen ihr besseres Urteilsvermögen.

Als sie beide zufrieden waren, dass sie nicht weglaufen würde, gingen sie in die Küche und brachten das Essen schnell zum Tisch.

Dann ließen sich die Brüder an jedem Ende des kleinen Tisches nieder und machten sie während des gesamten Abendessens zum Mittelpunkt der Aufmerksamkeit.

Sie hatten eine unglaubliche Fähigkeit, das Gespräch zu ihm zurückzubringen, wenn er glaubte, sie zu einem anderen Thema umgeleitet zu haben.

Sie tranken auch zweimal mit ihr, wobei eine ihr Glas nachfüllte, als sie eine Frage der anderen beantwortete.

Er entdeckte bald, dass seine angeblichen gegenteiligen Argumente nichts weiter als eine Verkleidung für seine tiefe Bindung waren.

Als alle endlich den Tisch fertig hatten, bot Anytha an, das Geschirr zu spülen.

"Nicht!" Sagte Brian, so nachdrücklich sprang er.

"Schau", sagte John zu ihr, "er hat die Essensboxen in der Spülmaschine versteckt. Ich wusste, dass sie irgendwo versteckt waren."

"Ich möchte nur, dass wir alle zur Couch gehen und dieses großartige Gespräch fortsetzen", argumentierte Brian.

"Aber..."

"Mein Haus, meine Regeln. Schmutziges Geschirr bleibt bis es voll ausgereift ist. Komm schon."

KAPITEL 5

Er rollte sich zu einem Ende der Couch, also ging John zum anderen Ende der Couch und verließ das Zentrum für Anytha.

Sie seufzte, nahm ihr Glas Wein und ging durch den Raum.

Sobald er sich gesetzt hatte, füllte Brian sein Glas aus der Flasche, die er in seiner Stuhltasche aufbewahrt hatte.

Als das erledigt war, überraschte Brian sie und nutzte die Kraft seines Oberkörpers, um vom Stuhl auf die Couch zu steigen.

Dort angekommen drehte sie sich um und lehnte ihren Rücken an seinen Arm, hob ihr rechtes Bein auf die Kissen und deutete näher auf Anytha, streichelte das Sofa vor ihrem Schoß.

"Setz dich hierher. Zeit für eine Nackenmassage."

"Und dann können Sie uns alles über die Reise erzählen, über die Sie zuvor in Italien gesprochen haben", sagte John.

Er drehte sich teilweise auf der Couch um, um sie anzusehen und lehnte sich an seinen anderen Arm, fast wie ein Spiegelbild von Brian.

Anytha nahm einen großen Schluck Wein und suchte sich einen Platz für das Glas.

John entfernte es und legte es auf den Tisch hinten hinter sich.

Sie fühlte sich total unwohl, positionierte sich neu und spürte, wie Brians Hände auf ihrer Taille sie näher zogen.

Sie zog ihre Flip Flops aus und fing an, ihre Beine zu kreuzen, aber dann legte John seine Füße auf ihren Schoß.

Seine starken Hände begannen, seine Bögen auf seinem Rücken zu reiben, während Brian an seinem Nacken und seinen Schultern arbeiten musste.

Anytha streckte die Hand aus, um sich besser vorzubereiten, und Brian legte selbstgefällig seine Hände auf ihre Schenkel.

Sie wunderte sich, dass er sich nicht im geringsten unwohl fühlte.

Anytha seufzte.

"Wenn Sie so weitermachen, werde ich mich an nichts von der Reise nach Italien erinnern."

"Dann tu es nicht", sagte Brian leise hinter ihr. "Schließ einfach deine Augen und genieße es."

Brians Hände arbeiteten sich ihren Rücken hinauf, seine Daumen bewegten die Muskeln entlang ihrer Wirbelsäule, als seine Finger alle Muskeln fanden und sie entspannten.

Währenddessen schien etwas, das John mit seinen Füßen tat, direkt in seinen Bauch zu schießen und köstliche Hitze zu verbreiten.

Als Brian ihren unteren Rücken erreichte, stöhnte sie vor Vergnügen.

Als er ihr Steißbein erreichte, bog sie entzückt ihren Rücken und warf ihren Kopf mit einem langen, gezeichneten "Ahhhh" zurück.

Brian und John tauschten eine stille Mitteilung aus.

Brians Hände kletterten unter ihrem Oberteil über ihre Seiten, und John streckte die Hand aus, um ihre Waden zu reiben.

Anytha reagierte nicht, als Brians Hände nach der nackten Haut ihrer Yogahose griffen.

Sie summte einfach weiter vor Vergnügen.

Als Brian die Unterseite ihres BHs erreichte, schob er seine Finger unter den Rückengurt und beugte sich vor.

"Anytha, willst du das?"

Fast widerstrebend senkte sie den Kopf, um Johns Augen zu begegnen.

Sag ja, er hat sie überzeugt.

Seine Hände hatten aufgehört sich zu bewegen und warteten auf seine Antwort.

Anythas Bauch drehte sich und erwachte aus einem langen Schlaf.

Und Johns Augen auf ihre waren so warm und ernst und freundlich.

Sie schloss die Augen und stimmte zu.

Sie war angenehm optimistisch und nicht betrunken.

Langsam öffnete sie ihre Augen wieder und John war immer noch da und wartete geduldig.

Sie nickte.

"Du musst es sagen, Anytha", beharrte Brian leise.

"Sagen Sie, was Sie von uns wollen", fügte John hinzu, "von uns beiden."

Sie schluckte.

"Ich möchte, dass du mit mir liebst."

"Wir beide."

Johns Antwort war eine Aussage, keine Frage, aber sie antwortete trotzdem.

"Ja."

Sie nickte eifrig und sofort lockerte sich ihr BH und Brians Hände waren auf der Kante ihres Hemdes, hoben es langsam an und genossen es.

"Hebe deine Arme, Anytha", befahl er und sie lehnte sich zurück, damit er sie erreichen und loslassen konnte.

Bevor sie ihre Arme wieder senkte, hatte sich John zwischen ihren Beinen bewegt.

Seine Finger hielten die Träger ihres BHs und zogen sie nach unten und vorne.

In dem Moment, als sie frei von seinen Armen war, bückte sie sich, verschränkte die Arme vor der Brust und versuchte sich zu erinnern, ob sie sich in ihrer Phase mit kleinen Brüsten befand oder ob alles andere zu groß war.

John packte sie fest an den Handgelenken, zog ihre Arme heftig und sanft und schob ihre Hände zur Couch.

"Du bist in jeder Hinsicht schön, Anytha."

Sein Gesicht trat näher an ihr heran und seine Lippen berührten ihre Nasenspitze und dann ihre Lippen.

Brians Hände drehten sich um ihre Brüste und als John sich ein wenig zurückzog, benutzte Brian diese Hände, um sie an seine Brust zu kuscheln.

Dann waren Johns Lippen auf ihrer rechten Brustwarze, hungrig saugen und lecken.

Brians Finger zogen und drückten an ihrer linken Brustwarze.

Ihr Rücken krümmte sich und ihr Kopf fiel auf Brians Schulter.

Seine sanften Küsse landeten wie Regen auf ihrem Nacken und ihrer Schulter, seine Zähne knabberten sanft an ihrem Ohrläppchen.

Der Kontrast der sanften Berührung von Brians Lippen und seines gierigen Angriffs auf ihre Brüste war fast unerträglich.

Sie wand sich, befürchtet, sie könnte Brian verletzen, aber er hielt sie fest und lachte sogar, als sie laut stöhnte.

Als er dachte, er könne es keinen Moment länger dauern, lehnte sich John zurück und seine Finger gruben sich in den breiten Hosenbund.

Er blieb dort stehen, bewegte sich nicht und sie hob ihren Kopf, um seinen Blick auf sie zu richten, und wartete anscheinend auf Erlaubnis.

Sie nickte und sofort zog er ihre elastische Hose herunter und zog sie von ihren Beinen.

"Sehr schön", hauchte Brian in ihr Ohr.

"Warte", sagte John. "Es kommt noch besser."

Er drehte seine Finger in ihr Höschen und wartete erneut auf Erlaubnis.

Anytha zitterte vor Vorfreude, als sie nickte.

John war diesmal viel langsamer und enthüllte seinen Hügel und dann seine Schamlippen mit solch qualvoller Sorgfalt, dass er frustriert schreien wollte.

Er muss es bemerkt haben, weil er lachte, als er ihr Höschen den Rest des Weges auszog.

Bevor ihre Füße wieder auf der Couch landen konnten, wurden ihre Beine über Johns Schultern geworfen und er war bereits in ihrer Muschi.

Seine Zunge teilte ihre Lippen.

"Hey", protestierte Brian, "das ist mein Job."

"Ich will es nur probieren", versicherte John ihr und seine Lippen murmelten gegen ihre.

Dann grub sich seine Zunge tief und leckte sie und sie schnappte nach Luft und wand sich, bis er nach oben griff, um ihre Hüften zu halten.

Als er sich schließlich zurückzog, leckte er sich die Lippen und sah Brian an.

"Gott, sie ist so nass. Dieses Mädchen hat seit zu langer Zeit keinen guten Fick mehr gehabt."

"Verdammt, lass mich an der Reihe sein", murmelte Brian.

"Alles von dir", stimmte John glücklich zu und plötzlich waren beide Füße auf dem Boden.

Johns starker Arm hatte sie um ihre Taille gelegt, hob und drehte sie, als ob sie nichts wog, und dann ließ sie sich in seinem Schoß nieder und spürte seine Erektion an ihrem Arsch und seine Hände, die ihre Brüste massierten und streichelten.

In der Zwischenzeit hatte sich Brian bereits für einen vollständigen Frontalangriff auf ihre Muschi positioniert.

Er leckte neckisch ihre äußeren Lippen und fuhr dann mit seiner Zunge zwischen ihnen auf und ab, gelegentlich mit einer leichten Berührung ihres Kitzlers, die sie nach Luft schnappen und lächeln ließ.

Sie erkannte, dass er genau wusste, was er mit ihr machte.

Sie vermutete auch, dass er darauf wartete, dass sie um mehr bettelte.

"Bitte, Brian. Du quälst mich hier." Sie wand sich zur Betonung.

"Härter, schneller oder tiefer?" er fragte mit einem breiten Lächeln.

"All das oben", stöhnte er.

Sie sah, wie sich ihre Augen zu Johns bewegten, und die Hände ihres Bruders bewegten sich plötzlich von ihren Brüsten, um ihre Schenkel knapp über ihren Knien zu ergreifen.

Er zog sie auseinander und setzte sie vollständig Brians Spähzunge aus.

Gerade als Anytha sich vage schämte, so entblößt zu sein, tauchte Brian seine Zunge tief in sie ein und die Intensität seiner warmen, lebendigen Zunge in ihre enge, eifrige und unbenutzte Muschi löschte alles andere aus ihrem Kopf.

Sie drehte den Kopf zurück gegen John.

Die Ecke ihres Nackens und ihrer Schulter, die plötzlich in Reichweite war, versenkte eifrig ihre Lippen und dann Zähne in ihre fiebrige Haut.

Sie begann zwischen lautem Stöhnen und Schimpfwörtern zu wechseln.

Brian bewegte sich von ihrer Muschi zu ihrem Kitzler und begann mit seiner flinken Zunge zu saugen und zu wichsen.

Es dauerte nur ein paar Augenblicke, bis sie erwürgt schluchzte und gegen Johns engen Griff und Brians hartnäckige Zunge ruckte.

Gerade als sie vom explosiven Orgasmus herunterkam, steckte Brian einen Finger in ihre Muschi und fing an, ihren G-Punkt zu bearbeiten, bis er wieder explodierte.

Sein Rücken krümmte sich fast schmerzhaft.

Sie war noch nie zweimal hintereinander gekommen und sie war sich ziemlich sicher, dass sie zu einer Pfütze verschmelzen würde, als Brian sich schließlich zurückzog und John ihre Beine losließ und seinen Kopf drehte, um sie sanft zu küssen und ihre Wange in seiner großen Hand zu wiegen.

Als er sie schließlich von dem Kuss befreite, sah sie sich um und stellte fest, dass Brian wieder in seinem Rollstuhl saß. ""

Genug Vorspiel ", sagte er." Ins Schlafzimmer. "

KAPITEL 6

Anytha wollte sagen, dass sie, wenn das Vorspiel war, nicht sicher war, ob sie den sexuellen Akt überleben konnte, aber sie war in Johns Armen gefangen und wurde hinter Brians Stuhl getragen.

Als er sie auf die Bettkante setzte, stellte sie fest, dass auch er es geschafft hatte, seinen Wein zu tragen.

Er gab es ihr mit einem Augenzwinkern.

"Sie werden dies brauchen, um Ihre Kraft aufzubauen", sagte John.

"Wir wollen rücksichtslos sein", fügte Brian hinzu, der sich bereits auszog.

Sie sah erstaunt zu, wie er sich leicht auszog und sich dann über das Bett beugte.

Er bemerkte auch, dass das Bett bereits gemacht worden war.

Waren sie so sicher, sie zu verführen oder so hoffnungsvoll?

Sie warf Brian einen schüchternen Blick zu, als er sich gegen ein Kissen am Kopfende des Bettes lehnte.

"Kann ich irgendetwas für dich tun?" Sie fragte.

Es war nicht schwer zu sehen, dass sein Schwanz etwas geschwollen war, wenn nicht hart.

Er lächelte süß und schüttelte den Kopf.

"Ich könnte es nicht fühlen, wenn du es tust. Du kannst mir besser gefallen, indem du es genießt."

"Oh, nach allem, was du getan hast, glaube ich nicht, dass ich noch kommen kann ..."

"Ich nehme kein Nein als Antwort", sagte John, schlich sich hinter sie und knabberte an ihrer Schulter.

Sie kicherte über das Kitzeln seiner Zähne.

"Also, was kann ich für dich tun? Soll ich dich absaugen? Ich bin nicht sehr gut, aber ..."

"Lass mich raten. Dein Ex-Idiot hat dir das gesagt", sagte Brian und knurrte praktisch.

"Ähm ..."

"Ich möchte nicht riskieren, zu früh zu kommen", unterbrach John ihn. "Ich kann mir vorstellen, dass ich dich noch mindestens zwei Mal kommen lassen kann. Drei, wenn ich es mir überlege."

"Du wirst ihm etwas Zeit geben müssen", warnte Brian. "Sie ist so eng wie der Typ in der Weihnachtsgeschichte."

"Gut", gab John zu. "Du hast es fertig und ich werde es mir zeigen lassen, wie schrecklich es nicht ist."

"MICH..."

"Shhhh. Baby."

John hob das Weinglas an ihre Lippen, bis sie mehrere Schlucke nahm, dann griff sie hinüber und stellte es auf den Nachttisch.

Er tätschelte das Bett.

"Hände und Knie. Sie zeigen auf die verspielte Fotze, die Sie haben, wo immer Mr. Brian daran arbeiten kann.

Anytha unterdrückte ein weiteres Kichern und fühlte sich ein bisschen albern, als sie versuchte, sich mit ihrer Muschi in Reichweite von Brian zu positionieren.

Er half ihr zu folgen und zog sie näher an sich heran, bis ihre Füße gegen das Kopfteil stießen, auf das er sich stützte.

Als er zufrieden war, nickte er John zu, der sich vor Anytha niederließ, damit sie sich vorbeugen und seine sehr große, sehr harte Erektion in ihren Mund nehmen konnte.

Sein Schwanz war proportional zu ihren Schultern und ihrer Brust, größer als jeder andere, den sie jemals zuvor gesehen hatte, aber sie war entschlossen, ihm zu gefallen und das Vergnügen zu erwidern.

"Tu es", sagte er mit einem ermutigenden Lächeln, beugte sich vor und warf seine Arme zurück.

Anytha leckte und neckte sanft den Kopf seines Schwanzes und verfolgte ihn dann mit ihrer Zunge.

Während John eine Hand um die Basis legte, um sie im Gegenzug zu provozieren.

Als sie es endlich in ihrem Mund festhielt, wurde sie mit einem zufriedenen Seufzer von John und einem plötzlichen Finger von Brian auf ihre Muschi belohnt.

Sie versuchte sich darauf zu konzentrieren, John zu lutschen und zu lecken, aber es war sehr beunruhigend, dass Brians langer, dicker Finger sie frei im Inneren erkundete.

Als er anfing, die Vorderwand ihrer Vagina zu reiben, war es wie eine kleine Explosion von Vergnügen.

Sie grunzte überrascht, was John zu gefallen schien.

Er bewegte seine Hüften, um etwas tiefer in ihren Mund zu drücken, und drehte seinen Kopf zurück.

Anytha hatte gerade angefangen, sich auf Johns Schwanz in einem pumpenden Rhythmus auf und ab zu bewegen, als sie spürte, wie ein zweiter Finger in ihre Muschi eindrang.

Dann erkundeten sie beide überall, suchten gelegentlich nach ihrem G-Punkt oder pumpten hinein und heraus, aber sie begann zu vermuten, dass er versuchte, sie nicht zum Orgasmus zu bringen; Speichern Sie das für seinen Bruder.

Er konnte den Druckaufbau in seinem Bauch nicht glauben.

Dass sie möglicherweise wieder so erregt werden könnte, aber sie drückte sich gegen seine Finger zurück und suchte nach noch mehr Anregung.

Schließlich schlug er ihr spielerisch auf die Arschbacke.

"Ich bin der Arzt hier. Und ich sage wann."

Anytha stöhnte und John schnappte nach Luft und befreite sich von ihrem Mund.

"Verdammt, Frau! Wenn dein Ex dich so zum Stöhnen gebracht hätte, hätte er sich sicher nicht darüber beschwert, dass du seinen Schwanz lutschst." Er ließ sich dramatisch auf das Bett fallen. "Ich muss vielleicht kalt duschen."

                    ERIKA SANDERS

"Mann", sagte Brian und schob einen dritten Finger in Richtung Anytha.

Sie schnappte nach Luft und er beruhigte sie.

"Geben Sie ihm eine Minute. Ihr Ex muss auch schwach gewesen sein, zusätzlich zu allem anderen. Atmen Sie, Schatz."

Er fing an, ihr Steißbein zu reiben, was ihre vorherige Massage als eine ihrer erogenen Zonen bezeichnet hatte.

Als er spürte, wie ihre Muschi seine Finger packte und versuchte, sie tiefer zu ziehen, nickte er John zu.

"Sie ist bereit für dich. Aber sei ruhig."

Er zog langsam seine Finger heraus und sie fühlte sich angehoben und wieder gedreht, als wäre sie schwerelos.

Es fühlte sich an, als wäre plötzlich ein riesiges leeres Loch in ihrem Bauch aufgetaucht, und ihr Atem ging in zerlumpten Atemzügen.

Immer noch auf Händen und Knien, aber jetzt vor Brian, spürte sie, wie John sich gegen den Eingang ihrer Muschi drückte.

Sie drückte sich zurück, trotz des Schmerzes, als er sie weiter streckte, verzweifelt, um die Lücke zu füllen.

Plötzlich packte John sie an den Hüften und zog sie den Rest des Weges auf den Kopf seines Schwanzes.

Anytha holte tief Luft und hielt den Atem an.

Sie hob den Kopf.

Brian sah John mit zusammengekniffenen Augen an.

Dann sah er Anytha besorgt an.

"Atme, Schatz. Steig ein und aus."

"Ich habe das verstanden", sagte John, anscheinend um Brian zu beruhigen. "Wie auch immer, ich bewege mich nicht, bis du bereit bist. Okay? Lass es mich einfach wissen."

Dennoch glaubte sie, ihn vor der Anstrengung, still zu bleiben, zittern zu fühlen.

Aber dann, genauso plötzlich wie der Schmerz gekommen war, war er verschwunden und das verzweifelte Bedürfnis, die Lücke zu füllen, war zurückgekehrt.

Anytha drückte sich so fest sie konnte zurück, spürte aber, wie John sich alarmiert zurückzog.

"Wie auch immer, nein! Mach es ruhig. Ich will dich nicht auseinander reißen."

Sie versuchte es erneut und er trat wieder zurück, sein Griff um ihre Hüften drückte jetzt anstatt zu ziehen.

"Langsamer Schatz", warnte Brian und griff nach ihren Armen, um sie vorwärts zu schieben.

Anytha schüttelte frustriert den Kopf.

"Du musst mich füllen. Ich war so lange leer. Bitte John!"

Sein Griff um ihre Hüften wurde fester.

"Okay. Ich komme zu dir rüber. Lass mich das Tempo bestimmen, okay? Ich werde etwas härter pushen und dann zurück. Ich werde es mehrmals tun, um deine Säfte zu verteilen und es dann aufzufüllen. Ich verspreche es. Okay?"

Brian packte jetzt ihre Arme.

"Anytha", sagte er und versuchte ihre Aufmerksamkeit zu erregen.

Sie suchte.

Schweiß befeuchtete ihr Haar und drehte es zu Locken.

"Sein Schwanz ist fast so groß wie sein Ego. Er weiß, wie man das richtig macht. Lass ihn auf dich aufpassen."

Sie nickte und stützte sich auf ihre eigenen Bedürfnisse.

John drückte einen Zentimeter und rutschte dann leicht zurück, wobei nur sein Kopf darin blieb.

Ihre Säfte breiteten sich aus und bedeckten sein Glied.

Es dauerte noch ein paar Zentimeter rein und raus.

Dann drückte er langsam, bis er das Ende von ihr erreichte.

Anytha stieß einen tiefen Atemzug aus.

Sie hat sich noch nie so satt und zufrieden gefühlt.

Zuerst bewegte es sich langsam hinein und heraus und gewann jedes Mal einen Bruchteil eines Zoll an Tiefe.

Jedes Mal, wenn ich das Ende erreicht hatte, kehrte das magische Gefühl, voll und ganz zu sein, zurück.

Und es wurde immer stärker und der explosive Druck, der sich in ihr aufgebaut hatte, kam an die Oberfläche.

Und dann war er ganz drinnen, seine Eier ruhten an ihrem Kitzler, seine Atmung war so unregelmäßig wie ihre.

Anytha sah Brian in die Augen und er nickte und ließ ihre Arme los.

Anytha drückte sich gegen John zurück, obwohl es keinen Schwanz mehr zu nehmen gab.

Er sah Brian an und stellte dann seine Hände in die Hüften.

Er zog sich langsam zurück und knallte dann gegen sie, während sie sich zurückzog, um ihn zu treffen.

Dann bewegten sie sich im Konzert und Anytha schnappte jedes Mal nach Luft, wenn seine Eier ihren Kitzler trafen.

John bemühte sich, seinen Orgasmus einzudämmen, obwohl sie sich bemühte, ihren freizulassen.

Ihre Augen waren fest geschlossen, ihre Sinne waren vollständig um das geschlungen, was in ihrem Bauch geschah.

Plötzlich wurde Anytha auf Brians mächtige Finger aufmerksam.

Zwei massierten jede Seite ihres Kitzlers, pünktlich zu Johns streichelnder Bewegung.

Die Finger seiner anderen Hand drückten und rieben die Grübchen an der Seite seines Steißbeins.

Als ob eine Stromkreisverbindung hergestellt worden wäre, explodierte alles auf einmal in ihr.

Sie fiel flach auf das Bett und schrie auf die Matratze, als eine Welle von Orgasmuswellen durch ihr Wesen schoss.

Sie war sich vage Johns stockendem Rhythmus bewusst, als er auch kam, aber dann pumpte er wieder gegen sie, hielt seine Hüften gegen seine Stöße und versuchte, seinen Orgasmus zu verlängern.

KAPITEL 7

63

Irgendwann am Morgen wachte alles auf, kuschelte sich zwischen die beiden Männer und fühlte sich vollständiger als je zuvor.

Ihr Arm war um den Mann vor ihr gelegt und sie war total verlegen, als ihr klar wurde, dass sie nicht wusste, ob es Brian oder John waren.

Erst als der Mann hinter ihr sich bewegte und seine Knie an ihre kuschelte, konnte sie sicher sein.

Sie lächelte glücklich, als sie entschied, dass es ein wunderbares Dilemma war.

Als alle eine Weile später endlich aus dem Bett kamen und Anytha sich anzog und sich darauf vorbereitete, in ihre eigene Wohnung zurückzukehren, sagte Brian:

"Weißt du, wir können jeden Freitag Abend zusammen zu Abend essen. Wenn du interessiert bist."

"Es ist ein Versprechen", sagte er, drehte den Türgriff und hüpfte, als er vorbeiging.

ENDE

65